KB092195

울다가 웃다가

허정인 시집

시음사
시사랑음악사랑

맑은 마음, 순수한 영혼의 허정인 시인

예술적 재능, 우아한 천품, 정결한 지조, 순효(純孝)한 성품으로 예술인으로서의 생활 속에서 어머니와 아내의 역할을 성숙시켰던 신사임당의 글 중에서 백운비하모산청 "白雲飛下暮山青"이라는 시어가 생각나는 시인, 맑고 순수함이 느껴지는 허정인 시인을 소개할 수 있어 기쁘다.

맑은 영혼의 소유자라서일까 아니면 순진함을 볼 수가 있어서일까? 허정인 시인과 대화를 해보면 알 수 있다. 오선지 위에 음표를 그려 가면서 날아다니는 작은 새처럼 허정인 시인의 시는 자유롭다. 그리고 신선함까지 엿볼 수 있다. 영혼이 맑은 시인은 더 깊은 곳에서 퍼 올린 시어들과 푸른 하늘에서 모아온 문장들로 한편의 작품을 엮는다. 요즘 얼마나 많은 시인이 그런 감수성을 지녔을까 하는 의문을 가져본다. 깔끔하면서도 서정적이어서 가슴에 시 한 편 정도는 새겨두고 싶다는 충동이 드는 이유는 생활 속에서 겪을 수 있는 우리들의 이야기를 시로써 형상화하고 누구나 공감할 수 있는 또는 누구나 경험해 보았을 듯한 이야기들을 시로 엮었기 때문일 것이다.

"울다가 웃다가" 허정인 시인의 이번 저서의 제호이다. 시인이 왜 "울다가 웃다가"로 제호를 정했는지 궁금함을 자아내기도 한다. 시인의 작품 속에는 자연이 숨을 쉬고 있다. 꽃이기도 하고 잎이기도 한 사연들과 소리도 없이 스쳐 지나가는 바람의 이야기를 자연과의 대화로 엮어 시인은 노래하고 있기 때문일 것이다. 자연과 함께 회색빛 시대에 잠시 쉬어갔으면 하는 마음으로 "울다가 웃다가"를 추천한다.

(사)창작문학예술인협의회 이사장 김락호

시인의 말

시로 울고
시로 웃을 수 있는
시인이란
선물을 주신
하나님께 감사드립니다.

시인 허정인

1부 꽃의 향기

2부 계절의 향기

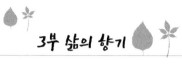

3부 삶의 향기

본문
시낭송
감상하기

QR 코드 스마트폰으로 QR 코드를 스캔하면
시낭송을 감상할 수 있습니다.

 제목 : 노란 국화꽃
시낭송 : 박영애

 제목 : 노란 붓꽃
시낭송 : 조한직

 제목 : 수련
시낭송 : 박영애

 제목 : 빗속의 나리꽃
시낭송 : 조한직

 제목 : 백일홍
시낭송 : 박영애

 제목 : 꽃물 찻집에서
시낭송 : 박영애

시인은 자연을 이야기하고
시낭송가는 자연을 품었다.
글자는 날개를 달아 언어로 날고
소리는 자연에 눕는다.

1부 꽃의 향기

/

꽃들이 만개한
언덕에서
너는 꽃이 되어 내게 웃는다
나도 꽃이 되어 네게 웃는다

우리는 이미 서로에게
향기 나는 꽃이 되었다.

고독

그대는 밤 속에서
내 음성을 들을 수 없습니다
소리 대신 먹물로 언어들을 던지기 때문입니다

그대는 밤 속에서
내 사랑을 느낄 수 없습니다.
커다란 벼룻돌에 사랑과 이별을 갈고 갈아
진한 먹물이 되었기 때문입니다

그대는 밤 속에서
내 모습을 볼 수가 없습니다
붓끝에 진한 먹물이 되어 가녀린 선과 굵은 선의
묵화로 이미 피어났기 때문입니다.

산 벚꽃

봄 산이
하얀 적삼
하얀 속치마 입은 듯
은밀한 설렘

맑은 바람 숨죽여
하얀 속옷 들쳐 본다

보고 또 보아도
어진 임
순결한 아름다움

하얀 고백 사랑스러워
환희 속 고요한 밀회

꿈속인 듯 천상인 듯
신비로운
산 벚나무 하얀 꽃.

수선화

시린 바람 에이는데
결코 연약하지 않아
긴 속살 세워 피워 낸
네 신념
네 용기
기어이 겨울을 뚫었다
맑고 청초한 노란 수선화!
너를 안고 보니
어둡던 긴 침묵이 깨어나
나의 겨울이 웃고 간다.

동백꽃 앞에서

봄 바다의
핏빛 심장이냐
네 앞에서 가슴이 뛴다

사랑과 이별을
삼킨 듯
꽃 속 깊은 그림자여

노란 꽃술
휘감은
빨간 꽃잎 동백꽃!

내 가슴에
안고 보니
핏빛 심장 뜨거운 아름다움이어라.

하얀 철쭉

사랑
제게 묻지 마세요

빨간 꽃잎
너무 곱고

분홍 꽃잎
너무 고와

당신 사랑
물들이지 못할까 봐

저는
하얀 꽃잎으로 피웠어요.

노란 눈물

화사한 봄날에
천변에서 울었다

그래도
행복한 거야

눈물을 닦아 주는
노오란 봄꽃이네

개나리꽃
산수유꽃이 말해 준다

많은 이들이 죽었어
시린 겨울에 울다가

봄날에 우는 건
행복한 거야

피어나는 봄꽃을 봐
눈물도 봄꽃인 걸.

눈밭에서

하얀 눈밭에
붓도 없이 물감도 없이
가슴으로
붉고 예쁜 홍매화를 그린다

오랜 시간
설움과 고독이 엉키어
인내로 이어온 삶이

그대 사랑 입김에 녹아
하얀 눈밭을 화선지 삼고
가슴으로
붉고 예쁜 홍매화를 그린다.

하얀 망초꽃

아픈 이들
외로운 이들을 위해
길섶에서
빈 공터에서
천사들이 서성이다
눈물을 흘렸나 봅니다.

방울 방울 하얀 눈물
긴 꽃대 위에
하얗게 매달렸습니다
천사들의 눈물
순하고도 하얀
망초꽃으로 피었습니다.

능소화

기다림이
그 긴 기다림이
아프고 아프더라

기다림이 넋이 되어
높은 담 위에서
흘린 눈물이

곱게도
곱게도
주홍빛으로 피어나더라

천년 세월에도
그 사랑이 주홍빛이더라

아프고 아픈
그 사랑이
그 긴 기다림이

꽃이 되어

너를 만나 시작도 없이
조용히 그 자리를 떠났어

꿈과 사랑 벗어 던지기까지
오랜 시간 가다가 멈춰 보니
너는 그 자리에 그대로다

우리 가던 길이 동그라미였나?
다시 그 자리

꽃들이 만개한
언덕에서
너는 꽃이 되어 내게 웃는다
나도 꽃이 되어 네게 웃는다

우리는 이미 서로에게
향기 나는 꽃이 되었다.

참나리 꽃

여름비
온몸으로 마시더니
점박이 얼굴 술 취했구나
킬킬 웃으며 빗속에서 홀로 호탕하다

커다란 키에 잘생긴 너
꽃이라고 여자인 줄 아느냐
사나이 외로움
빗속에서 술 취한 점박이 얼굴로
킬킬 웃는다.

노란 국화꽃

가을은 떠났는데
마지막 시간 붙잡고
겨울 문턱에 서 있다

임의 넋을 담고
피웠느냐
찬 빗속 노란 국화꽃
홀로 맑고 아름다워라

나뭇잎 뒹굴어 밟히는데
토해낸 향기
겨울 문턱 넘어간다

가을을 가득 채운
너의 당당한 아름다움
겨울 문턱에서도 도도하다

노란 국화꽃!
꽃 피우지 못한
내 청춘
내 넋으로도 피워 주렴.

제목 : 노란 국화꽃
시낭송 : 박영애
스마트폰으로 QR 코드를 스캔하면
시낭송을 감상할 수 있습니다.

붓꽃을 그리며

꽃잎 석 장 모아 피운
먹물 적셔진 큰 붓 닮은 붓꽃
옛 젊은 선비의 넋인 듯
반듯한 기품 있는 기상이어라

오월 초록 수풀 속에
청보라의 청초함으로
촉촉한 이슬 젖은 빼어난 자태
네 모습 온종일
선명히 따라오니
너와 오늘 밤새워 보련다

하얀 화선지에 붓꽃
떨림으로 옮겨 보니
꽃잎은 파르르 떨며 피어난다
초연한 자태로
설레임 안겨 오는 아름다움으로.

연꽃

칠월 뜨거운 한낮
물 위에 동 동
커다란 연잎 넓게 펴고
열 손가락 모아 기도하듯
아름다운 연꽃이 피었습니다

바람도 잊은 긴 침묵을 깬
아~~! 분홍빛 연꽃!
신비로운 저 아름다움은
고요히 죽어 썩어진
물과 흙의 영혼인가 봅니다.

해당화의 노래

거친 바닷바람 맞으며 자랐어요
뜨거운 순정 가시나무에 숨기다
고운 분홍빛으로 피웠어요

그대 오시었나요?
나의 가시가 찔리고 아파도
분홍 꽃잎은 그대 향한 사랑입니다

모래밭의 기다림이 혹독한 설움이었어요
내 꽃잎 지고 꽃망울 미이라 되어도
기다렸어요

그대 오시었나요?
다시 피워 드릴게요
바다만이 아는
제 향기로운 아름다움으로.

벚꽃 길에서

벚꽃 길 가다가
하늘까지 갈 뻔했지

이어지는 영혼의 환희
내 몸을 잊게 했거든

천상의 기쁨이었나 봐
오늘 너는 살아 있니?

나는 아직
내 육신을 못 찾고
벚꽃 속에 묻혀 있다.

양귀비꽃

여린 듯한 가지마다
작은 불덩어리 물고 있더니

드디어
활짝 피었구나
양귀비꽃!

마력의 불꽃처럼
저 새빨간 꽃송이가
뜨겁게 황홀하더니

내 넋을 빼 내어 태웠는가?
모든 기억이 혼미하다.

복숭아꽃

연분홍 속
진분홍을 도려낸 듯
아름다움

살포시 파고드니
사랑이냐 쾌락이냐

한꺼번에 물들이네

너는 나의
넋을 빼는 도화로다.

모란

진분홍 꽃송이 피어나니
주변이 숨죽인다

커다란 꽃잎의 화려한 아름다움
노란 꽃술의 빛나는 당당함
황태자의 품위로다

눈부셔
맘도 부셔라

네 앞에서
왜 이리 부끄러운지
차마
너를 사랑할 수가 없구나.

등꽃

사계절 칭칭 감고 올라간 창공에
하얀빛 청보라 등불
초롱초롱 매달아 놓았네

천상의 향기 가져다
기름으로 태우는가

그늘 아래 벤치에는
등꽃 향내로 바람도 취해간다.

감꽃

확, 확
뜨거운 해 낮

초록 잎에 숨어
가을을 꿈꾸는
노란 감꽃들이
토실하다

가만 가만
유심히 바라보니
하늘 아기 천사들
금관인 듯

참 귀엽고도
고요한 예쁨이다.

이팝나무

친구야! 배고프니?
빨리 와
대전 서구 흑석동 거리로
이팝나무 가지마다
하얀 쌀밥이 가득해
그냥
손으로 먹자

친구야! 맘 아프니?
빨리 와
대전 서구 흑석동 거리로
이팝나무 가지마다
하얀 눈이 수북이 쌓였어
그냥
손잡고 걷자.

치자꽃

나만 몰랐어요
살아가느라
살아 내느라고
차곡히 접어둔 사랑 피워 놓은
순백의 꽃잎 치자꽃을

오늘에서야 찾았어요
울 엄마 가슴에 달아 드리고 싶던
향내 나는 브로치
순백의 고운 치자꽃을.

노란 붓꽃

아아--!
너는 모를 거야
수풀 속에서 네가 얼마나
멋있는지를

강물에 비친
네 반듯한 자태를 보렴
곧고 우아한 잎
강물도 네 그림자를 안고 있다

청 빛도 아닌
노란 꽃이여!
수풀에 달이 뜬 듯
곱고 밝은 빛이로다

오늘은
이 강가 숲속이 나의 에덴이다
너와 벗하니
내 그림자도 강물에 안겼구나.

제목 : 노란 붓꽃
시낭송 : 조한직
스마트폰으로 QR 코드를 스캔하면
시낭송을 감상할 수 있습니다.

산딸기꽃

가시 옷 때문에
너를 만나기가 험한 길이구나

가시 모자 때문에
너를 품기가 찔리는 아픔이다

이슬만 먹으며
하늘 향해 피운 꽃
산기슭도
고이고이 너를 품고 있다

아!
산딸기꽃!

숨어 핀 사랑이
어찌 이리 곱고 향기로우냐.

찔레꽃 앞에서

나는
당신을
향기 천사라 부를래요

오월이면 날개 달린
하얀 꽃으로 피어나
향기 토해 기쁨 주는
찔레꽃 천사!

바람으로 달빛으로
이슬로 빚은 향기

가시로 지키며
기도로 굽은 등

나는 당신을
오월의
향기 천사라 부를래요.

매발톱꽃

너로
장미를 지웠는데
네 이름 몰라
부르지 못했었다

네 이름 보내온
진연자로사 선생님!
오늘 마침
선생님의 만돌린 연주회

매발톱꽃!
네 이름표 달고
향기 안고 찾아가렴

대전 서구
관저동 문화 회관으로.

싸리꽃을 보며

둘레길 걸으며 너를 보았지
눈 감고 있으면 청보라 소녀
눈 뜨고 있으면 분홍색 여인

바람 소리에 잎으로 울더니
뻐꾸기 소리에 웃으며 핀다

싱그런 오월 보랏빛 소녀가
뜨거운 유월 분홍 여인으로
발길 잡아 향기로 입맞춤하네

아! 예쁜 싸리꽃!
너는 초여름 숲의 보석이로다.

석류꽃

붉은 주홍색 꽃등이
나뭇가지마다 켜있다

태양도 천둥 번개도
삼켜 핀 꽃으로
핏빛 심장 만드네

초록 잎 사이사이
꽃등 켜 불 밝히니

초여름 대낮
석류꽃!
너로 뜨겁고 황홀하다.

수련

물 위에서 사랑만 꿈꾸며
동그라미 하트
잎으로 띄웠어요

당신은 뭍에서 바라만 보시네요
저도 물을 떠날 수 없답니다

당신은 운명이요
저는 숙명입니다

아!
안타까운 사랑

홍색 꽃
물 위에 수련입니다.

제목 : 수련
시낭송 : 박영애
스마트폰으로 QR 코드를 스캔하면
시낭송을 감상할 수 있습니다.

밤꽃

밤나무들이 야산에서
뜨거움 피웠구려
온통 희뿌연하오

꽃이라 부르지 마소
오직 열매를 위한 의식일 뿐이니
씨앗들이라오

산마다 가을을 잉태했소
태동이 느껴지오
밤나무들이
점점 무거워질게요.

가지꽃

살짝 고개 숙여
노란 꽃술 세워 핀
보라색 가지꽃!

청 빛, 홍 빛,
온몸 물들이다
보라색 되어 피었구나

열매를 기다리는 사랑
순종의 아름다운
여인 같은 가지꽃!

텃밭에 무지개가 숨은 듯
곱게 비치는
보라색이 신비롭다.

나리꽃

사랑의 열병이냐
무더위 열병이냐

네 얼굴 열꽃으로
붉은 점 가득하다

빗물로 식혀도
더 선명한 열꽃

분명 네 가슴에
뜨거운 사랑 있구나.

빗속의 나리꽃

네가 피면 비가 오더라
비가 오면 네가 울고 웃더라

하늘 없는 태양도 없는
빗속의 주황색 나리꽃!

네가 울어도 빗물이겠지
네가 웃어도 빗물이겠지 하리

빗속에서
홀로 밝게 꽃 피우며
울고 웃는 너를
사람들은 그저 곱다고만 하리.

제목 : 빗속의 나리꽃
시낭송 : 조한직
스마트폰으로 QR 코드를 스캔하면
시낭송을 감상할 수 있습니다.

연꽃을 보며

열두 폭 치마 활짝 펴고
물 위에 나신
가리고 가리웠지만

쭉 쭉 뻗은 각선미
우아한 몸짓
못 다 가리웠구나

감히 너를 어찌 품으리
고요히도 아름다운
물 위에 여신인 걸

하얀 연꽃
분홍 연꽃
곱게 피어나는
신비에 숨죽인다

아아!
연꽃을 보며
나는 입 벌린 채
한동안 침묵할 뿐이다.

수련을 보며

가장 낮은 곳
빗물로 고여진
연못은 슬프지 않습니다

조용히도 예쁜
수련이 살기 때문입니다

내가 본 가장 아름다운
사랑스런 그림은
물 위에 보랏빛 수련입니다

만날 수 없어도
바라만 보아도 사랑입니다.

연잎을 보며

속세를 버리지 못하여
가깝고도 먼 곳

모두가 외면한 썩어진 궁창에
피난처로 삼았구나

얼었던 고독을
침묵의 시간을 녹이고

초록 핏줄 이어진
아름답고 우아한
가장 큰 동그라미
연잎으로 그렸도다

아아!
네 커다란 잎 위에
온 우주가 안겨 온다.

접시꽃 한 송이

장마로 초록 잎들뿐인 화단에
접시꽃 한 송이 처연히도 곱습니다

다가가 빤히 바라보니 마주 선
접시꽃 한 송이 주름 가득한 얼굴입니다

며칠 후면 울 엄마 기일인데
엄마를 뵙는 듯 울컥 가슴이 메입니다

무더위에 쓰러지셔 돌아가신
곱던 울 엄마 주름살만 가득하십니다

무더위 속에서 장마 속에서도
못다 한 모성애 접시꽃으로 곱게 피어
출근길에 나를 빤히 바라보십니다.

무궁화꽃

팔월 문턱에
무궁화가 곱게도 피어
무더위를 누린다

한 많은 역사를 알기에
아파도 곱게 피고지고 피고지고

백의종군 하얀 꽃잎
불멸의 사랑 분홍 꽃잎
영원한 대한의 얼이여

아!-- 아름답다
지다가 다시 피운 무궁화 꽃이여.

백일홍

빨간 사랑
차곡차곡
뜨거움 안고

백 개의 밤을 넘는
백일홍 꽃이여!

불볕으로 열린 네 순정
이리도 곱더냐?

정해진 백일의
뜨거운 시간

가을이면
너 떠난 자리
달빛만 울겠다.

제목 : 백일홍
시낭송 : 박영애
스마트폰으로 QR 코드를 스캔하면
시낭송을 감상할 수 있습니다.

자스민꽃

아!
가을이면
꽃도 잎도
노랗고도 붉으련만

청보라 자스민 꽃은
가지 끝에 피었어도
떨어져 뒹굴어도

꿈꾸는 여린 소년의
첫사랑 같아라

밤하늘
은하수 타는
빛나는 별 같아라.

박꽃

아!
희디흰 하얀 박꽃이
피어나니

황홀하던
오색 아름다움들이
어두워진다

달빛으로 사르르
사박사박 숨 쉬며 피어나는
하얀 박꽃!

순결함은
아름다움보다 고귀하고
신비롭구나.

박꽃을 보며

하얀 소복 청상 여인
님 따라 하늘로 가다
담장에 매달렸네

이슬로도 울고
달빛으로도 울어
자글자글 눈물 자국
소름 돋는 하얀 얼굴

희디흰 박꽃이여!

상사화

긴 침묵 속
사랑,
꽃무릇 꽃으로

가을 뜨락에서
불꽃 되어 활활 탑니다

아아!
사무친 그리움의 언어들

꽃잎마다
꽃술마다
황홀한 고백을 합니다

이루지 못한 사랑은
영원한 그리움이라고.

상사화 꽃술

한 올 한 올
빨간 꽃술 풀어
고백합니다

만날 수 없어도
한 번도
잊은 적 없다고

한 올 한 올
꽃술 끝에 매달려
고백합니다

보이지 않아도
내 사랑
변함없다고.

수세미꽃

채 마르지 않은
이슬 머금은 노란 수세미꽃

하! 예쁘고도 맑아
내 마음도 네 넝쿨을 탄다

너를 본 후 노란 바지 입고
가을 길 걸으니 기쁘다

그래 그래
모난 것 보아도 둥글게 웃자

가을 하늘 바라보면
높고 푸르지 않더냐

담벼락에 얽히어 핀
노란 수세미 꽃처럼
얽히고설키어도
뿌리는 하나인 것을.

봉숭아

칠월 무더위 담 그늘에서
하얗게 빨갛게
눈물 머금고 서성인다

예수님 흘린 피 고통처럼
돌덩이로 찢어진 꽃잎들이
피가 되어 뚝, 뚝, 뚝

꽃물로 울다
고운 맘 여인들
손톱 위에 녹아져
다시 피는 네 영혼

고운 만큼 아파라
아픈 만큼 고와라
순하고 고운 봉숭아야.

다알리아 꽃

너무 큰 키
쓰러질까 묶여진 채

동학사 뜰에서
만추에
너만 아직 곱다

향기를 감추고
견딘 세월이
아리게도 붉구나

청청 하늘도 흐려지는데
너는 언제 지려느냐

첫눈 오는 날
고독한 차가움에 열반하려느냐

연등 대신 다알리아 꽃
네가 불을 켠 듯
동학사 뜰이
고요히도 아름답고 밝다.

코스모스 꽃길에서

이슬만 먹은
길고 가냘픈 몸

파란 하늘 흰 구름이
너무 좋아
동동 방긋방긋
흔들리고 있구나

한들한들
사랑을 꿈꾸는
하얀 아가씨들

산들산들
사랑에 취한
분홍 아가씨들

너희들은
가을의 예쁜
꽃바람이어라

아아!
나는
코스모스 꽃길에서

팔랑팔랑 춤추는
노란 나비가 되었다.

군자란 앞에서

잊은 건 아닌데
말 못 한 길었던 시간

양 잎마다
찌든 먼지를 닦으면서도
내 신념과 사랑은
흔들리지 않았습니다

하루 이틀 사흘
3월 봄볕을 품더니
일출을 모은 듯
일몰을 모은 듯
찬란하고 황홀하게
군자란이 피었습니다

그립게 기다린
임을 뵙는 듯합니다
임을 마주한 듯합니다.

군자란

감히
누가 너보다
흔들림 없이
곧고 아름다우랴

가슴 열어 피워 낸
고귀한 주황색 꽃
군자란

네 앞에 서니
내 상념들이
부끄러워 사라지고
내 신념에 힘이 돈다.

배롱나무꽃 아래에서

여름이면 불볕으로
제아무리 무더워도

활짝 터트려진
배롱나무꽃 아래 쉬어 보면

주름져 늙어 가는
이 몸뚱이 잊은 채

연지 곤지 찍고
꽃가마 탄
고운 새색시가 된다.

배롱꽃

분홍색으로
농익은 배롱꽃

뜨거워진 춘정으로
먼 곳까지 추파를 던지니
가던 발길 멈춰 돌리네

여름 불볕이 뜨겁다 하나
만개한 분홍색 배롱꽃으로
이 몸 뜨거워 신열이 난다.

배롱나무꽃에 취해

하늘의
꽃구름인 듯
눈부시게 곱고 고운
배롱나무꽃!

너로
화관을 만들어 쓰고
치맛단 드리워
휘휘 감고 꿈속을 거닐면

그 어떤
부귀영화도
부럽지 않으리.

꽃물 찻집에서

오늘은
너랑 나랑 희희낙락
일상을 벗어나 봄바람이 되었다

연분홍 진분홍
봄꽃들로 취한 하루가 꽃물 찻집까지

아! 아~~!
봄 길에서 보았던
그 곱던 매화가 바로 너였구나

내 시리던 코끝이 녹아
향기롭더니
꽃물 찻잔 들고 마주한 네가 분명 매화로다.

제목 : 꽃물 찻집에서
시낭송 : 박영애
스마트폰으로 QR 코드를 스캔하면
시낭송을 감상할 수 있습니다.

금계국 꽃길에서

천변 가에서
무더위에 태양을 품더니
너에게서 빛이 난다

낮은 곳에서 인내하며
더위를 삼키더니
너는 이미 황금이다

외로운 발 길이
고독한 발 길이 찾아 준
아! 이 길은 황금 길이다

길 따라 황금빛
금계국꽃 속에서
나 혼자이어도 눈부신 행복이다.

2부 계절의 향기

/

계곡물은 선녀들 기다리며 흐르고
나무들은 손잡고 그늘을 만들었네

새들 사랑 고백 노랫소리에
바람은 야생화 향기 훔쳐
내 가슴을 웃으며 지나간다

입춘

시릴 만큼 시렸다
참을 만큼 참았다

강물아!
계곡물아!

기다리던 입춘이다

너희를 붙잡았던
한파가 힘을 잃었다

이젠
녹아 내려 흐르거라

졸졸졸
찰찰찰

만물이
네 소리로 깨어나리니.

2월

2월은
짧은 징검다리 같다

조심조심 건너는
전율의 환희

얼음장 돌덩이들도
물소리에 흔들린다

잠을 깨워 주는 자명종 같은
2월아!

참 고맙구나
너를 디디며
내 심장도 다시 뛴다.

봄

바람만 지나던
빈 가지마다
노란 색실로 수놓아진
산수유꽃
무심히도 곱구나

아! 봄이다
다시 봄이다
그늘도 그림자도 없는
봄이다

눈부신 봄볕 아래
너를 향한
그리움 숨길 곳이 없구나.

3월의 변산

파도야!
너는 살아서
소리를 내는데

한 번 간
사랑은
조가비로 뒹굴고

모래밭은
빈 조가비들
시체뿐이구나

살아서 긴――
발자국만 남겨지는
상념으로 지친 나

파도야!
죽어 뒹구는
조가비가 참 예쁘다.

4월을 보내며

바람이
꽃잎 물고 다니더니
밤새 꽃비로 내렸구나

산길에서 밟히던 꽃잎들이
들길에서도 밟히네

사월아!
꽃으로 곱던 사랑

꽃잎 쏟아 낸
네 이별도
연둣빛으로 참 곱구나.

앵두

유월의 문턱이
왜 이리 향기롭고 뜨거운지
바람에게 물었더니

영롱한 빨간색
앵두의 유혹 때문이라네

고운 여인의 예쁜 입술과
작고 탱탱한
동그라미 유두 모양을 하고
나 잡아 봐라
지나는 발길들 사로잡는다

바라만 보아도
사--르륵 침샘이 열리고

한 움큼 손에 쥐니
이 몸도 마음도 사뭇 사랑이다.

감자

감자의 뜨거운
하얀 속살을 보니
문득 울 엄마가 보인다

햇볕 그을린 모습으로
막냇동생 품으시며 보이던
속살 하얀 젖가슴

감자의 부드러운
하얀 속살을 보니
문득 고향 언니들이 보인다

감자들 가득한 통속에서
치마 걷어 맨발로 비빌 때
사알짝 보이던 속살 하얀 허벅지

감자 껍질 속
하얀 속살을 보니
문득 고향 친구들이 보인다

브래지어 속
하얀 속살 보일 때
붉어져 웃던 순한 웃음들

그립고
그리운
그 모습들.

빼울 약수터

구봉산 끝자락 아래

빼울 약수터

오월의 아침을
병꽃들이 곱게 열었구나

한 바가지 약수를 마시니
꽃비들 날아오고
뻐꾸기 소리 동동
가슴까지 넘어가네

맑은 바람으로 누리는 자유
기쁨이도 신이 났다

세월이여!
제발,
이 빼울 약수처럼

맑고 시원히
평화롭게 흐르거라.

바다

하늘보다
더 푸른 깊이를 몰라
무서웠어요

하늘보다 더 푸른
그 끝을 몰라
두려웠어요

떠나가야 하는
돌아와야 하는 시작과 끝에서
푸른 바다는
가끔씩
하얀 손을 흔들어요

내 안의
네 안의
외로움 들 불러 모아

파란색 하늘이 잠들면
바다는 밤에 울어요.

물안개

이른 아침
강물이 불어 놓은 입김
물안개 하얀 베일 되어 산자락 휘감는다

앞산은 수줍은 신부
강물은 물안개 피워
산허리 감싸 안고 사랑 고백 신비롭다

그대여!
물안개 피어나는 강가로 오소서
하얀 베일 두른 산자락으로 오소서

봄은 이미
입김 불어 노래하고
숨겨졌던 초록살 보이며 훈풍에 춤춘다네.

계룡산 은선폭포

온종일
밤새워
천상의 임들이 은실을 짰나 봐
지상 끝 저 높이에서
은실 풀어 휘날린다

온종일
밤새워
천상의 임들이 노래를 부르나 봐
계룡산 가슴에서
곱게도 낙하하며 울린다

온종일
밤새워
휘날림과 울림 속에
천상의 그대가 그리운 내게 오시었나 봐
못다 한 사랑 노래 곱게도 낙하하며 부른다.

낙화 암

절벽 아래 푸른 물
푸른 청춘의 넋이여

꽃 덩어리 송두리째
던져진 암벽 천길

슬픈 역사 강물로도 못 씻겨
횡횡
바람이 휘감겨 울고 간다

찬란했던 백제 숨결
고독한 세월로 흘러가고

낙화암 푸른 눈물
절벽 아래 깊어진 강물이여.

나그네 발길 만이
뱃노래로 물결 따라 흐른다.

장평보유원지

장태산 가는 길
장평보유원지를 지날 때면
나는 늘 물속 풍경에 취한다

봄에는 연둣빛 숲을 그리더니
여름내 초록 나무들을 그렸고

이제는
가을을 그리려는 듯
하늘을 파랗게 칠하고 있다

내가 아직 못 본 겨울 풍경은
물속에 그릴 수가 없겠지

아마 그때는 얼어버린 채
하얀 눈을 덮고 겨울잠을 잘 거야

장평보유원지
운치 있는 물속 풍경으로
저무는 하루가 참 아름답다

아~~!
혼자라는 사실이 슬프다
너무 아름다운 풍경이라서.

장승 공원에서

겹겹 세월을 먹고 버틴
고목들이 눈보라에 쓰러져
대청댐 휘감은 사연 담고
장승으로 일어섰다네

뭉툭한 코
부리부리한 눈
두꺼운 커다란 입술

장승들아
사계절
비바람 눈 견디며 서 있구나

나는
너희들 인상이 무섭지 않아
볼수록 정이 간다

세상은
고운 외모에 눈이 멀어
진실의 가치를 잃었다

못생겼어도
장승 네가 좋아
거짓 없는 우직함 꿋꿋함 때문이야.

대청댐에서

에헤야
지난 세월 아무리 아팠어도
역사를 안고 흐르는
깊고 너른 대청댐 바라보니
바람 한줄 앞의 미소뿐이로다

청, 청, 깊어 고요하고
청, 청, 맑아 아름답구나
태양도 네 위에서 부서지고
달도 별도
네 위에서 넋을 놓도다.

조가비의 노래

부서지는 파도의
하얀 외로움으로
뒹굴었어요

부서지는 파도의
하얀 아픔으로
씻기었어요

뒹굴다 씻기다
곱게 변해버린
조가비가 되었어요

파도야!
이젠 외롭지마
파도야!
이젠 아파하지마

긴 세월 구르며
변한 예쁜 모습으로
네 사랑이 되어
널 위해 노래할게.

모산 미술관에서

시가 있다
그림이 있다
그리고 조각상이 있다

허브 꽃 속에서 너를 보며
사랑과 우정을 담아본다

최선의 선택은
너와 나를 위한 것
봄바람은 시작을 가져왔다

아!
잃어버린 것들의 아픔이여

황톳빛 조각 여인이
석 조각 시어들이
내 가슴속을 흐르며 운다.

장태산 흔들 그네

흔들흔들
장태산 정상 그네 위에서
팔마정 풍경 안아 본다

흔들흔들
아득한 그리움들이 부서진다
서럽던 아픔들이 무지개가 된다

흔들흔들
그네는 제 자리에 그대로인데
너와 나는 이미 창공 속 꽃구름이다

찰나의 사랑
찰나의 행복
장태산 그네 위에서 둥실둥실.

식장산

나무와 식물들이 서로 엉킨 듯
정글을 이루었네

걸음걸음 야생화는
세상모른 채 곱고 맑아라

물 흐름도 질세라
계곡마다 합창 소리 울린다

에덴인 듯
산철쭉 여인들 전라의 아름다움

늘 너는 임과 벗으로
싱그러운 사랑 초록 숲의 가슴이네

대전의 동쪽 에덴 식장산!
하늘마저 초록으로 휘감아 누리누나.

가뭄

물웅덩이 돌들이
볕에 뒹굴고

하얀 웃음 퉁기던
계곡은 뭍이구나

물줄기는
이미 길 잃어버렸다

산속 나무들은 패잔병들

너와 나의 마음 길도
가뭄으로 확확

작은 도마뱀만 돌 틈으로
빠르게 숨는다.

수락 계곡에서

계곡물은 선녀들 기다리며 흐르고
나무들은 손잡고 그늘을 만들었네

새들 사랑 고백 노랫소리에
바람은 야생화 향기 훔쳐
내 가슴을 웃으며 지나간다

아! 대둔산
치맛자락 수락 계곡에서
나는
남겨진 사랑을 꿈꾼다.

삼척 장호항에서

멀고 긴 어둠을 뚫고 찾은
삼척 장호항

붉은 해가 바다 위에서
빛으로 춤을 추니
바다는 파도로 하얗게 웃는다

해송은 햇살로 윙크하며
뭇 시선들 사로잡고
바람은 바다로 무한한 자유다

아는 이 없는
장호항 해송 길 모래밭에서
덩실덩실 춤을 추니
갈매기가 꺄루 꺄루 노래하네

어찌 내 삶을 섧다 하리
바다도 나도 빛에 안긴 채
푸르고 하얗게 웃고 있는데.

고란사

흐르는 강물은
모진 세월 씻기고 씻기어도

의자왕 삼천궁녀 넋은
절벽 타고 오르며

고란사 범 종소리로
아직도 운다

세계인들 발자국
바람 되어 지나고

약수 물 한 바가지
목 넘김에 쉬어 보니

무심한 바람만
외로운 고란사 휘휘 감고 돈다.

은선폭포에서

비야!
세상을 씻은 후
거르고 거른 맑은 물로
계룡산 가슴에서 낙하하는
은빛의 신비를
이제야 보여 주는구나

고독의 시작도
여정의 끝에서도
내가 찾던 곳
계룡산 은선폭포

우아하고 아름다운
은빛 피날레

비야!
신비로운 네 춤사위로
메마르던 내 영혼도
함께 부서져 내린다.

갈매기

사랑의 시작에서도
이별의 끝에서도
너는
춤을 추더라

바다가 고향이며
바다가 무덤인
바다 사랑 갈매기야

바다는 너로
너는 바다로

끝없는
고독을 이기리.

여주 열매

천둥 번개 요란히도 치더니
도깨비방망이 두들겼나 봐

울퉁불퉁 매력 덩이 여주
가을 문턱에 멋지게 매달렸네

연초록 넝쿨 하늘 오르다
창공에서 노랗게 웃으며 피운 꽃

비바람 속에서 불쑥 태어나
주렁주렁 가을 그네를 탄다

여주야!
너, 참 신기하다
꼭, 도깨비방망이 닮았구나.

칡넝쿨

가을 숲은
칡넝쿨
너로 정글이다

나무 위를 휘휘 감아 올라
잎 사이 숨겨 피운
자줏빛 꽃송이 안고
창공에서 바람과 입맞춤 한다

한 뿌리에서 뻗어 얽힌 넝쿨
숲은 너로
칭칭 향기롭고

네 사랑은
영원히 하나가 된
연리지 사랑이다.

가을비

붉고 노란 하루가
울며 젖네

가지마다 매달린 미련마저
떨어뜨린다

차갑고 잔인한
사랑의 마침표

가
을
비.

슬픈 만추

부고라는 문자
헉,
...
...

갑자기 설악산
천불동 계곡 바위가 무너진다

도봉산도 흔들리고
눈 쌓였던 덕유산도 흔들린다

우리의 발자국 디딘 곳마다
무너져 내리는 듯
네가 소천 했다는 소식에

나 지금 만추의 낙엽 위에서
영혼 없는 허수아비가 되었다.

분홍 갈대

멀리에서는 분홍색 파도
가까이에서는 분홍 물거품
사랑의 색으로 핀 분홍 갈대

연인들의 미소가 가득한
만추 속의 핑크 뮬리

몽환의 숲에 너와 함께하니
현실이
꿈보다 곱구나.

너는 분홍 갈대

너는
분홍 갈대

모든 것이 첫사랑
모든 것이 설레임

너는
향기 덩어리

너는
사랑 덩어리

분홍 갈대 속
아우야!

엄마도 너처럼
너도 엄마처럼

분홍빛 고운
갈대인 걸.

계룡산의 만추

붉은 가을이
계룡산에 안겨 있다

햇살은
동학사 마당에서 쉼하고
바람도 합장한 듯
고요의 참선이라

계곡마다
물소리 대신 낙엽이 내리고

나무마다 붉고 노란
황홀함의 향연

아!
계룡산의 만추는
세월을 누리며 호령하는
황제와 황후의
황금 옥좌 같아라.

만추

낙엽이
바람 되어

바람이
낙엽 되어

가벼이 춤추듯
날다
떨어진다

사박사박 만추의
노란 길
붉은 길

흙으로 돌아가는
순리의 순간들이
고운 빛 바람이다.

노란 부고장

곱던 가을이
어젯밤에
숨을 거두었나 봐

은행나무가
노란
부고장을 띄우고
노란
무덤을 만드네.

은행나무

여름내 너를 잊었다
가을 끝자락에서 너를 본다

지나는 이들의
고운 언어들만 들었나 봐
연인들의 사랑에 속삭임만 들었나 봐

노란 잎 사이
단단한 나무 옷 입고
숨어 있는 열매들이 귀엽구나

가지마다 걸려 있던
너와 나의 그리움들이 쏟아진다

소리 없는 노란 이별
눈물 없는 노란 이별이다

그리움이 물든 잎 하나
책갈피에 꽂아 두면
기억조차 잊힌 오랜 뒤에
너를 기억할 수 있을까

네 안에 나이테 하나 그리며
이미 추운 겨울을 안고 자는
은행나무.

갈대

찬 서리 이별이 곱던 가을 보내고
네 가슴에서 내 가슴에서도
젊음 한 겹 베어낸 겨울 문턱
갈대는 미라처럼 야윈 채
서로를 기대어 몸 가눈다

바람의 언어를 대신하며
흙 내음 배인 갑옷 한 벌 입은 채
영혼으로 피워 낸 희뿌연 꽃 흔든다

너른 벌판 곳곳 우아한 춤사위
갈대는 눈물 없는 이별을 하며
침묵으로 평화를 위한 발레를 춘다.

풀뿌리의 기도

나는 천변 길가
풀뿌리예요.

시린 겨울이면
흙 속에서 꿈을 꾸어요

가까운 교회
울리는 기도 소리에
제 꿈은 기도가 됩니다

봄이 오면
하얗게 노랗게 피어나

하나님께 드려지는
순종의 향기로운 꽃이 될래요.

잠자리 떼를 보며

장맛비로 갑천은
거센 물결로 춤을 추고

잠자리 떼는
낮은 창공에서
동그라미 춤을 추고

우리는
어린 소녀가 되어
잠자리 잡으려
까르르, 까르르

자유로운 몸짓과
자유로운 영혼으로 춤을 춘다.

대추를 따며

강한 모정 대추나무야!

천둥 번개 속에서
주저리주저리
많은 자식 끌어안고
얼마나 애태웠니?

빤질빤질 갸름한
구릿빛 얼굴의 네 많은 자식
참 잘 생겼구나
사람들이 군침 흘리며
눈독을 들인다

강한 모정 대추나무야!

너로 이 가을이 향기롭고 달큼하다
사납게 찔리던 가시가 모성애였다는 걸
이제는 알 것 같구나.

눈사람

하얀 겨울에 태어나
입춘이면 사라지는 너
눈, 코, 입
동그라미가 슬퍼 보인다

벌써 이별이니?
며칠뿐인 삶
그래도 너는 낭만과
웃음 주고 떠나는구나

입춘 날
네 한쪽 어깨가 사라졌네
잘 가
눈사람아

내년 겨울에는
웃는 모습으로 태어나
하얀 겨울 함께 즐겨 보자
안녕.

하얀 내 님

하얀 매화로 오신 임
매화가 지면
하얀 목련으로 오시어요

목련이 지고
봄꽃들이 다 지면
하얀 백합으로 오시어요

꽃이 없는 겨울에는
하늘에서
하얀 눈꽃으로 오시어요

꽃도 눈도 없는 밤이면
내 꿈속으로
하얀 날개 천사로 오시어요.

겨울에게

입춘 지나고 우수란다
저 산 아래
응달 겨울 좀 봐

얼음 안고
아직 웅크리고 있네

겨울아!
이미 봄이 왔단다
2월까지만 머물다 가렴

강물이
물안개 훅, 불며
너를 삼키기 전에

차라리
네가 녹아서 봄이 되어
반짝이며 흐르거라.

겨울 강가에서

투명한 얼음
안에서 흐른다
세상 소리 잊었노라

사랑도 우정도 혼탁해져
그 손 놓았노라

홀로 서성이는 깊은 내 상처가
서러운 날

겨울새야!
네가 날고 있는 강가

꽁꽁 언 투명한 얼음 위에서
네 통증을 식힐 때
연약한 내 자아도 던져주렴

차라리 얼어버린 차가움이
더 맑고 맑아라.

겨울 바다에서

나는 보았다
바닷물이 회오리로 돌아가며
그리던 동그라미를

그 엄청난
소용돌이는 공포였다

나는 보았다
영혼까지 빼앗던 바다가 토해내던
고독한 청 빛과
외로운 흰 빛의 춤사위를

그 찰나의 부딪힘은
아름다움의 극치였다

아! 나는 겨울 바다를 보며 기억해 냈다
자식 위해
땀 흘리시던 아버지의 모습을.

겨울 태백산에서

백발의 태백산
짧은 겨울 해를 머리에 두르고
천만년 도도함 그대로다

오르고 오르고
숨을 고르며
질그릇의 나약함을 알았네

눈꽃들은 천상을 그렸고
나무들은
하얀 발레복을 입고 공연 중

실타래 같은 삶
하얀 천상에서 하얀 눈꽃에 비춰보니
사랑도 이별도
아름다운 찰나의 빛이었네.

3부 삶의 향기

/

하늘은
청색 물감 푸는 중
삼원색 가을이 오고 있다

영혼 없는
그림자만 검을 뿐
삶은 늘 빛의 신비다.

평행선 사랑

네가 아픈데 나도 아파
내가 아픈데 너도 아프다니
우리 운명은 평행선
끝없는 외로움이지만
슬퍼하지 않아

소유에 무거움을 벗어 난 우주 공간에서
서로를 그리다 평행선 끊어지는 그때
우리 영혼으로 다시 만나자
너랑 나랑, 아픈 몸 흙에 두고

이대로도 행복한데
왜 눈물이 날까?
평행선의 외로운
내 진실을 꺼냈기 때문일 거야.

고해 성사

네 속에 가시가 있어
찔린 상처가 많아
늘 아팠어

피해서 돌아보니
내 속에 날 선 칼로
너를 찔렀네

차라리
가시로 찔려 아플 걸

우리의 우정은 죽었다
네 가시가 아닌
내 칼로.

정월 대보름날

오직 하나
둥근 달 속에다
어릴 적 놀던 동무들 묻어 놓았지

영옥이 향옥이 홍자 미숙이
시집가서 죽은 그 친구도

가슴 속에서 유일하게 빛나는
그 맑던 달빛
그 맑던 눈동자들

달도 배부르고 우리도 배부르던
정월 대보름날

오늘은
묻어둔 그리움들 캐어 볼 거야
바닷물도 달빛으로 춤추며 놀던
그 신비
그 아름다움도.

아들 결혼 축하 글

새싹들의
연둣빛 융단 드리운
사월 오일
민서랑 윤정이 결혼식

겨우내 꿈꾸던 나무들
연초록으로 물들고
바람은 훈풍을 안고 왔네

둘이 하나 된 사랑
하나님의 축복이어라
따뜻한 햇볕 안고
봄꽃들 미소 짓는다

민서랑 윤정이 긴 소풍 길
산도 넘고 강도 건너
가다가 힘들면
어화둥둥
사랑 노래 부르며 쉬어 가렴

믿음 소망 사랑
그중에 제일은 사랑이라네.

빈 벤치

내 집
근교 다리 밑에는
빈 벤치가 있습니다

벤치에 앉아 보면
누군가 그립습니다

욕심 없는
거짓 없는 사람이면
좋겠습니다

나도 그에게
그런 사람이면 더 좋겠습니다.

버스 뒷좌석

나는 가끔
버스 뒷좌석에 탑니다
한 칸 높은 긴 좌석에 앉아 보면
차창 밖 풍경이 잘 보입니다.
산도 들도 집들도
한 폭 풍경화입니다.

버스 뒷좌석은
소녀가 되는 마법의 자리입니다
나는 오늘 소녀가 되어
겨울을 잘 견디어 낸
풍경 속 나무들에게
반가운 눈 맞춤 했습니다.

공허

네 안의 나는
빈껍데기

내 안의 너는
허수아비

춤을 추었다
영혼 없는
탈춤을...

우리는 서로를 품지 못하는
죽은 나무들.

오해

흐르다
막히는
물길

밤중에는
모든 색이
검다

분명히
하얀색인데
시간의 마술에 걸렸다.

어둠

차라리 깊어라
문틈도 대문도 없는 어둠만으로

하나 된 넓은 어둠 속
나는 훨훨 춤을 추리라

내 모습도 보이지 않으니
누가 알리요
살아 내기 위한 나만의 유희인 걸.

내 안의 우렁각시

내 안에는
우렁각시가 있어요

퇴근하고 지쳐있을 때
뽀글뽀글 된장찌개로
입맛 살게 해요

내 안에는
우렁각시가 살아요

찬바람에 손발 시린 날
뜨끈한 온돌에
온몸을 녹여 주어요

내 안의 우렁각시는

맘 아픈 날이면
예쁜 꽃들을 안고 와
꽃으로 웃게 해주어요

나는
우렁각시의 신랑이 되어
월급봉투를 건네줍니다

우렁각시는
나를 위해 좋은 것만
유익한 것만 제공해 주어요
나는 아주 아주 행복해요.

활짝 웃는 함박꽃

네 주인은 너를 심고
먼 길 단숨에 오고 갔노라

네가 웃어 주는 날
기다림이 멀기만 하더니

오늘
네가 활짝 웃으며
잔디밭을 가득 채웠다네

세상 명예도 물질도
네 앞에서 잊었으리

네 활짝 웃음 전해주는 주인에게서
함박꽃! 네 향기 진동한다.

뻐꾸기 소리

뻐꾹!
뻐꾹!

임의 무덤가에 봄꽃이 진다하네
제비꽃 할미꽃 피우고 기다렸다 하네

뻐꾹!
뻐꾹!

뻐꾸기 소리 여름 오면 눈물 나더니
이제는 내 젊음도 흘러 서럽지 않소

뻐꾹!
뻐꾹!

임이여!
기다리지 마소

뻐꾹새 울다 가면
산딸기 붉게 익어 향기로우이.

삶은 빛이다

팔월까지 다 칠한 초록
구월이 저만치 서 있네

붉은색들이 꿈틀댄다
노란색들이 깨어난다

하늘은
청색 물감 푸는 중
삼원색 가을이 오고 있다

영혼 없는
그림자만 검을 뿐
삶은 늘 빛의 신비다.

뜨개질

회색빛 겨울을 고운 털실로
한 코 두 코 물들인다

전하지 못한 고맙다는 말
손끝으로 하고 싶었다

분홍색, 보라색
목도리를 뜨고 보니
내 방안이 꽃밭이다

떠오르는 몇몇 얼굴들이
꽃으로 피어난다

아아! 정이란
한 코 한 코 이어진
뜨개질 같은 것

완성된 목도리처럼
따뜻하고 아름다운 것이구나

내 안의 겨울은
연분홍, 진분홍, 털실로
화사한 꽃밭이다.

손가락 춤

실을 꿰어
무릎 위 공간에서
손가락 유희를 한다

한 코 두 코
심장에 잠긴 외로움을 낚듯이

침묵의 깊은 수렁에서
고독을 건지듯이
정교한 이어짐의
손가락 겨울 춤

아아!
아름다운 색으로 탄생 되어
어둠을 지우며
기쁨으로 안겨 오는 선물이여.

나의 겨울

바람 되어 찾아 헤매어도
향기가 없다

나무들을 흔들어 보아도
침묵이요

숲을 헤쳐 보아도
칼날이 된 갈잎의
서걱거림뿐

하얀 눈꽃은 실체도 없이
사라지는 허상이었다

시린 겨울에
심신을 녹이는 건
오직 무덤이 된 방안

나의 겨울은
침묵의 강나루
기다림마저 얼었다.

감기

목구멍에 매캐한 연기가
숨었구나

차가운 얼음이
온몸에서 미끄럼 타더니
불덩어리가 찾아와 불을 지피고

맛나던 음식들은
비웃음 친다

아
이
구

괴로움이 된 몸뚱이에
영혼이 매달렸다

감기란 놈
내 허점을 노리더니
기어이 나를 눕혔다.

유령의 거리

차가움의 극 한파가
겨울 낭만을 삼키고
칼춤을 추는 거리

희뿌연 미세 먼지가
잔인하게 하얀 웃음도 삼키고
살풀이춤을 추는 거리

모자 마스크
목도리로 싸맨 사람들은
서로를 모르는 낯선 유령 되어
총총 걸어간다.

넋두리

약속은 올가미 같고
기다림은
잔인한 송곳 같다

꿈이란
삶을 견디게 하는
달콤한 착각의 최면술

한파에 이어지는
고통스런 천식으로
육신에 얽매인 영혼까지 아파
넋두리로
내 괴로움을 해부한다.

새벽달

한때는
손톱 달로 꿈꾸며
보름달로
만인의 사랑이더니

보는 이 없는 새벽에
산 너머 가는
새벽달아!

홀로 빛을 지우는
네 외로움이
내 목젖으로 삼켜진다.

그대 이름 석 자

산마다 발길 모아 함께한 사랑
안녕이라 말 못 하는 그대 눈물인가요?
빗방울이 하나둘 떨어져
비석에 새겨진 그대 이름 적십니다

저기 보이는 높은 산봉우리로
나를 바라보는 듯
무궁화 꽃으로 나를 반겨 주는 듯
유난히도 포근한 산
유난히도 곱고 붉은 무궁화 꽃입니다

돌아서다 다시 봐도
그대 이름 석 자 새겨진 비석만 가을비에 젖을 뿐
흔적 없는 이별입니다
한 아름 국화꽃으로
사무친 겹겹 그리움 대신할 뿐입니다.

외로움

먹먹한 쓴맛이
가슴에서
스멀대더니
명치끝을 꽉 문다

아
아
악,
아파라

나는
오늘
외로움의 사나운
송곳니를 보았다.

하얀색 여인

꽃사슴 같은 긴 목의 그녀가
하얀 통바지를 입고 오고 갈 때면
오색 빛깔의 현란함에 지친
내 영혼이 맑아지는
신선함을 느낍니다

꽃사슴 같은
까만 눈망울의 그녀가
깔깔깔 활짝 웃을 때면
파도가 밀려오며
부서지는 포말 같은
찰나의 아름다움을 느낍니다

꽃인 듯 나무이며
나무인 듯 꽃인,
하얀 얼굴로
하얗게 웃는 그녀는
성은 남씨요
이름은 소영입니다.

고향 친구들에게

그리움의 뿌리에는
파도 소리 들으며 들꽃 피워
우리들을 품어주던
오봉산이 있더라

아름다움의 시작에는
저녁 일몰로 황홀하고
달빛으로 유유히 빛나며 흐르던
바다가 있더라

가끔은 가슴 헤집어
그리움들 아름다움들 꺼내 보면
빛바랜 무채색들뿐인데

소풍 길
오봉산과 금빛 모래사장은
총천연색으로 빛나며 살아있더라

내 고향 초딩 친구들아!
너희들 이름자만 들어도
해당화꽃 향기가 나고
가슴은 설레이며
파도 소리 철썩인다.

다슬기 비빔밥

초록색 띤 작은 속살
하나하나 꺼내 모아
초록색 부추랑 갖은양념 버무린
다슬기 비빔밥

봄님이 한 발짝 내디딘
오늘 점심참 맛나다

내 집의 소박한
편안함과 정겨움에
배부른 행복

아우랑
나랑
하하하! 호호호!

밖에는 봄비가
소리 없이 내리며
겨울을 보내고 있다.

강물에 빠진 달

강물에
달님이 빠진 채 밝다

목마름일까?
외로움일까?

만인의 사랑도
한 사람의 손길만 못하니

오늘 밤 내가
강물에 빠진 너와 가까이
벗이 되어
노닐어 보련다.

오빠 그림

아름다운 색채 멋진 자태로
평화와 행복을 노래하는
나무와 나무들

처음 본 전시장
그 순간부터 내 속에서 커가던
그리웠던 그 그림
오늘 내게 왔다

내 집 벽면에서
묵화랑 함께 어울려
나를 위해 노래한다

행복하라고.

기쁨이

발등에 얼굴을 기대면
따뜻한 간지러움이 사랑스러워
산책길에 총총 신바람
뒤돌아보는 표정이 사랑스러워

몹시도 우울하던 날
어미 주변을 아장거리는 너를 품에 안아 왔지
항상 기뻐하라는 성경 말씀 보며 우울함을 고민하다
너를 기쁨이라 불렀다

웃음은 시간 시간
즐거운 비명도 손뼉도 시간 시간
행복은 매일 매일 이어진다
기쁨으로 내게 온 너는 나만의 하얀 천사로다.

울다가 웃다가

허정인 시집

2019년 7월 25일 초판 1쇄
2019년 7월 30일 발행
지 은 이 : 허정인
펴 낸 이 : 김락호
디자인 편집 : 이은희
기 획 : 시사랑음악사랑
연 락 처 : 1899-1341
홈페이지 주소 : www.poemmusic.net
E-Mail : poemarts@hanmail.net

정가 : 10,000원
ISBN : 979-11-6284-122-8